Archie à vélo

Loi n° 49.956 du 16 juillet 1949 sur les publications
destinées à la jeunesse : avril 2021
Dépôt légal : avril 2021
Imprimé en France par Gibert Clarey Imprimeurs
à Chambray-lès-Tours (37)
ISBN 978-2-211-31287-5

Matthieu Sylvander

Archie à vélo

Illustré par Perceval Barrier

Moucheron

l'école des loisirs

11, rue de Sèvres, Paris 6e

ACTE 1

Approchez, Mesdames et Messieurs

Ce matin, il y a foule au bord
du chemin.
Archie et ses amis ne veulent
pas manquer le spectacle.
C'est un spectacle de magie.

En fait, le spectacle, c'est Ninon
qui fait un tour à vélo.
« Oh ! elle va mettre son casque ! »
dit Archie en applaudissant.

« Il vaut mieux », approuve Vache,
« c'est dangereux, le vélo. »
« Oh ! elle s'est assise sur la selle ! »
dit Archie en applaudissant.

« C’est parti ! » lance Ninon.
« Oh ! Elle roule ! » dit Archie,
qui en oublie d’applaudir.
« Elle roule sans tomber ! »
s’enthousiasme Cochon.
« Magie ! » dit Mouton.
« Magie ! » répète Jument.

« Allez, salut les amis ! »
« OH ! ELLE A LÂCHÉ UNE MAIN ! »
s'écrie Archie.
« OH ! MAGIE ! » s'exclame Chèvre.
« OH ! MAGIE ! » répète Vache.

Et là, Archie a une révélation.
« Nom d'un os ! Cette fois,
c'est décidé, je vais apprendre
à monter à vélo ! »

« Mais non, tu es fou ! »
« Tu ne peux pas ! »
« C'est beaucoup trop dangereux ! »
« Tu es un chien, pas un magicien ! »

« Vous croyez vraiment que c'est
de la magie ? » demande Archie.
« Bien sûr, que veux-tu que ce soit
d'autre ? » répondent en chœur
les animaux.

«Je ne sais pas, peut-être
de l'équilibre ?»

Les animaux sont horrifiés. On ne plaisante pas avec la magie.
« Et d'ailleurs, ce vélo, il est sûrement ENSORCELÉ ! »
chuchote Chèvre.
« Et peut-être même MALÉFIQUE ! »
murmure Mouton.

« Maléfique ? Pfffff, n'importe quoi !
Un vélo, c'est juste un vélo. »
« N'insiste pas, Archie,
ou tu le regretteras ! »

ACTE 2

La nuit, tous les chiens sont gris

Ninon est rentrée de sa balade à vélo. La nuit est en train de tomber. Les poules ont donné le signal du coucher, et la cour de la ferme s’est vidée.
Mais qui va là ?

C'est lui ! C'est Archie !

Qu'est-ce qu'il est venu faire ?
Oh non ! Pas ça, Archie ! Tu es fou !

« Ils se font des idées, les copains », murmure Archie, « ça n'a pas l'air si compliqué. »

PATATRAS !
Eh bien, si.

Archie ne s'avoue pas vaincu.
Il est comme ça, Archie.
Quand il a décidé quelque chose,
il va jusqu'au bout.
« Tout doux, le vélo. Gentil, le vélo… »

REPATATRAS !

Et si, après tout, les copains avaient raison ?

Si ce vélo était vraiment MALÉFIQUE ?

« Ah, c'est bien, Archie,
tu essaies de faire du vélo ! »
« Oui, mais je n'y arrive pas,
il m'attaque alors que je ne lui
ai rien fait ! »

« Voyons, Archie… Les vélos
n'attaquent pas les chiens !
C'est plutôt l'inverse. »
« Oui, mais les copains m'ont
bien prévenu : ce vélo,
il est MALÉFIQUE ! »

Ninon éclate de rire. « Gros bêta !
Un vélo, c'est juste un vélo ! »
« Oh, regarde ! » dit Archie,
« il me fait un clin d'œil ! »

« Mais non, tu as trop d'imagination ! Allez, mets mon casque, je vais t'apprendre. »

RERЕPATATRAS !
Archie commence à s'énerver.
« Je suis sûr qu'il l'a fait exprès !
Regarde, il clignote encore ! »
« Tu te fais des idées ! Allez,
on recommence ! »

« Voilà, c'est beaucoup mieux ! » applaudit Ninon, « mais attention, pas par là ! Redresse ! Freine ! »
« Moi je veux bien », gémit Archie, « c'est lui qui n'est pas d'accord ! »

« Bravo, Archie, tu as fait de gros progrès ! On recommence demain ? »
« Non, demain, je lui DÉCHIQUETTE les pneus avec mes crocs ! »

« Ne dis pas ça, Archie, voyons ! »
« Et puis je lui ARRACHE la selle !
Et je le JETTE dans le ravin, voilà ! »
« Bon, tu es fatigué, va te coucher.
On se revoit demain matin. »

Mais au matin, Archie et le vélo ont disparu.

ACTE 3

Mais où est Archie ?

Tout le monde se met à leur recherche. Les animaux sont persuadés que le vélo maléfique a DÉVORÉ Archie.

Ninon pense que
c'est plutôt l'inverse.

« J'aurais dû le prendre au sérieux », se lamente-t-elle, « vous êtes allés du côté du ravin ? Vous n'avez pas vu d'indice ? Une selle ? Des petits bouts de pneu ? » Mais personne n'a rien vu.

« Moi, je pense que si on retrouve des petits bouts de quelque chose, ce ne sera pas du pneu… » chuchote Mouton.
« Oh, tu crois ? » sanglote Chèvre.

Quand tout à coup, qui voit-on
arriver à toute vitesse ?
« Place, place, voilà Archie
et son vélo qui passent ! »

« Bravo, Archie », le félicite Ninon, soulagée, « mais comment as-tu réussi ? »

« Oh, c'est simple, j'ai été gentil avec lui : je lui ai promis un os à ronger. »

« Un os ? » s'étonne Chèvre, « et ça a marché ? »
« Bien sûr ! Tout le monde aime les os ! »

Fin

Des mêmes auteurs à *l'école des loisirs*

De Matthieu Sylvander et Perceval Barrier

Collection Moucheron
Archie vole !

Collection Neuf
Béatrice l'Intrépide
Béatrice l'Intrépide et le délicieux François les Bas Bleus
Béatrice l'Intrépide, comme dans les contes

Manoel, le liseur de la jungle

Collection Mouche
Orang et Outang
Le plein de Blorg

Collection Albums
Qui veut aider Ali Baba ?
Trois contes cruels
La chambre de la fille
Tout sur les tremblements de terre

De Matthieu Sylvander

Collection Neuf
Vladimir Sergueïevitch
La romance de l'ogre Yosipovitch

Encore un orage

Collection Albums
Tarte à tout
Palmier de Noël
(Illustrés par Audrey Poussier)

Les loups ne grimpent pas aux arbres
Moi ! dit la petite taupe
(Illustrés par Marie Deparis)

De Perceval Barrier

Collection Albums
Francisco

Avec Thomas Bretonneau
Les trois pires histoires de pirates
Trois ou quatre histoires de mousquetaires